STYLE DE PASCAL.

STYLE DE PASCAL

PAR

M. NAULT

ANCIEN PROCUREUR-GÉNÉRAL.

DIJON

IMPRIMERIE LOIREAU-FEUCHOT

RUE CHABOT-CHARNY, 40.

1852

— *J'ai eu le dessein de faire suivre mon étude sur M. de Chateaubriand d'un travail analogue sur Pascal, son caractère et son génie. Mais ce grave sujet, dont les matériaux sont nombreux et diversement appréciés, a été traité récemment, sinon avec toute l'impartialité désirable, du moins avec un plein savoir et un vrai mérite d'exécution. Je me suis rabattu sur le style de Pascal. J'ai voulu mettre en regard le premier et le dernier des grands écrivains de notre langue. Après avoir expliqué le style du contemporain dans sa nouveauté, j'ai trouvé de l'intérêt à saisir aussi dans sa forme l'inspiration du créateur de la grande prose française. Un autre sentiment tout personnel m'a dirigé dans ce travail. Jeune et studieux, en vue des luttes du barreau, j'avais un apprentissage à faire dans la polémique ; pensant alors que, pour toucher au but, il faut viser plus haut, je pris les Provinciales. Il y a dans l'emploi final de mes loisirs l'hommage d'un ancien disciple à son premier maître. C'est encore, à longue distance, un regard attristé que je jette en arrière sur des jours sans nuage si vite écoulés dans l'ardeur de l'étude et l'insouciance de l'avenir.*

Dans un temps de décadence des arts de l'esprit, soit
par l'affaiblissement du naturel, soit parce que le cou-
rant des idées porte ailleurs, il y a un intérêt de
curiosité à se rapprocher d'un génie puissant qui, par
la vigueur et la souplesse de ses facultés, a donné la
mesure des forces de l'esprit humain.

Revue des Deux-Mondes.

STYLE DE PASCAL.

Un homme doué d'une individualité puissante
qui se fait écrivain a droit à un style original et il
s'en donne un : il réfléchit dans son style les qualités de l'ame et de l'esprit qui lui assignent sa place
à lui parmi les intelligences d'élite. C'est de ces
écrivains du premier ordre qu'on a pu dire avec
vérité : Le style est l'homme même ; ceux qui viennent à la suite laissent rarement cette vive em-
preinte de l'écrivain qui fait durer ce qu'elle touche. Une autre remarque à consigner ici est que les

écrivains les plus originaux tiennent quelque chose de leurs devanciers d'après leurs sympathies, leurs premières impressions, les préférences qu'ils ont marquées dans leurs études. Ainsi l'on trouve du *Tertullien* dans Bossuet, du *Lucain* dans Corneille, du *Rabelais* chez Lafontaine. Je ne vois que Pascal dans Pascal, et je ne pense pas que ce soit la faute de mes yeux ; la raison en est que Pascal s'est formé seul. Il faut noter encore qu'indépendamment du cachet qu'ils tirent de leurs facultés supérieures, les grands écrivains, comme les écrivains vulgaires, ont une manière qu'ils doivent au tour habituel de leur esprit. C'est cette manière dans le style de Pascal qui a fait l'objet de ma recherche studieuse, et je vais m'appliquer à la mettre en lumière.

C'est une chose étrange que la destinée et de considérer comment elle conduit les hommes où d'abord ils ne pensaient pas aller ! Pascal était né pour faire un savant. On peut croire sans exagération que la nature l'avait doué à l'égal d'un Newton ou d'un Leibnitz ; les travaux de son adolescence dans les mathématiques et les heureux essais

de sa jeunesse dans la physique l'ont bien fait voir.
Mais voilà que le hasard le lie avec les hommes de
Port-Royal. L'un des plus éminents se trouve com-
promis dans une question théologique. Pascal leur
avait fait montre dans sa conversation de la viva-
cité, de la force et de l'étendue de son esprit. *Vous
qui êtes jeune, qui êtes curieux*, lui dit Arnauld,
vous devriez faire quelque chose! Le novice en théo-
logie tient la plume et les trois premières des *Petites
Lettres* se succèdent. Dans le camp où Pascal s'était
placé, on se résout à prendre l'offensive et à porter,
suivant la vieille tactique, la guerre chez l'ennemi. Viennent les *Petites Lettres* suivantes; les plaisantes, puis les sérieuses : voilà les *Provinciales*.
Cependant Pascal, à qui le succès avait révélé son
immense talent d'écrivain, prend la résolution plus
généreuse d'employer sa plume puissante à la dé-
fense de la religion qu'il pratiquait et qu'il aimait.
Il veut faire un livre qui confonde l'incrédulité,
et qui la contraigne à s'incliner devant *la vérité
de la religion chrétienne*. Durant les quelques an-
nées qui lui restent à vivre, distrait sans cesse par
la maladie, et même par des retours à ses chères

mathématiques, il jette au hasard sur le papier des pensées qui seront la trame du livre qu'il médite. Il meurt laissant des brouillons, et ces brouillons rapprochés sont un livre immortel ! Cela dit sur la vocation de l'écrivain, entrons à fond dans son style.

Pascal, dans l'expression de sa pensée, procède le plus souvent par l'antithèse ; tous ses grands traits d'éloquence sont marqués par une opposition d'idées. Je crois qu'il n'est pas difficile de s'en rendre raison (1). Saisir les rapports des choses et leurs dissemblances, qui, dans les limites de notre esprit, constituent *la vérité*, est l'exercice habituel d'un esprit méditatif et curieux. Il marche vers la connaissance par une opération double : *rapprocher* et *comparer*, et il avancera d'autant plus dans sa découverte qu'il sera plus exact et plus fort.

(1) Quand je me sers dans ce travail du mot *antithèse*, je le prends, avec les Rhétoriques et l'Académie, dans le sens d'un contraste tiré de la nature des choses et figuré artistement dans le discours ; l'école philosophique l'emploie dans une autre acception.

A mesure qu'on a plus d'esprit, nous a dit Pascal lui-même, *on trouve qu'il y a plus d'hommes origi-naux ; les gens du commun ne trouvent pas de diffé-rence entre les hommes*. Ceci n'est qu'un coin du tableau que l'observateur nous découvre en passant, mais tout lui offrait matière à contraste dans le spectacle de la nature et dans l'étude de l'homme, et nous savons que dès le premier âge cet esprit investigateur et profond s'était voué sans réserve à la recherche de la vérité. Doué au plus haut degré de la faculté *synthétique*, il embrassait dans son regard l'ensemble des choses et les voyait de toutes faces pour se fixer au vrai. Du tempérament philosophique de ce grand esprit nous pouvons donc induire l'exercice habituel de sa pensée, et de l'*exercice* à l'*expression* la pente naturelle allait à l'*antithèse*, qui se résout, quand elle est juste, dans la notion d'une vérité. J'ai dit aussi que ses grands traits d'éloquence tiraient leur force d'une opposition d'idées : cela devait être et cela est. Ouvrons d'abord les Provinciales (1).

(1) Tous les gens instruits savent aujourd'hui que Pascal eut deux torts dans les Provinciales : l'un d'y prendre parti dans le

La fin de la lettre dixième, où l'on trouve la première page sortie de sa plume dans le style oratoire, est une antithèse entre les textes de l'Écriture qui nous font une obligation d'aimer Dieu et les textes qu'il impute à ses adversaires qui nous dispensent du précepte sacré. Puis vient cette éloquente apostrophe qui termine la lettre. « Ouvrez « enfin les yeux, mon père ; et si vous n'avez point « été touché par les autres égarements de vos ca- « suistes, que ces derniers vous en retirent par « leurs excès... Je prie Dieu qu'il daigne leur faire « connaître combien est fausse la lumière qui les a « conduits jusqu'à de tels précipices, et qu'il rem- « plisse de son amour ceux qui en osent dispenser « les hommes ! » Mais le mystérieux écrivain ne

démêlé des Jansénistes avec le Pape, et le mauvais parti ; l'autre, d'y imputer, sur la foi de ses amis, aux seuls casuistes de *la So- ciété*, des opinions et des doctrines qui leur avaient été communes avec des théologiens de tout habit, et qui dès lors étaient tombées dans le discrédit et l'abandon. Limité par mon sujet au point de vue de l'art, j'ai dû m'expliquer nettement sur le fond du livre, afin de prévenir toute méprise sur la portée d'une étude qui a pour objet la forme. Le fond marque une ombre dans la vie de l'écrivain ; la forme ne laisse voir que l'auréole de son génie.

faisait là que démasquer ses batteries ; c'est dans la
lettre suivante qu'il va les mettre en jeu.

La onzième lettre , où *Montalte* quitte la raillerie
pour revêtir une armure nouvelle, est à son début
une antithèse vigoureuse qui sera soutenue jusqu'au
bout. L'écrivain se disculpe d'abord du reproche
d'avoir manqué au respect des choses saintes en
raillant ses adversaires. « En vérité, mes pères, il
« y a bien de la différence entre rire de la religion
« et rire de ceux qui la profanent par leurs opi-
« nions extravagantes. Ce serait une impiété de
« manquer de respect pour les vérités que l'esprit
« de Dieu a révélées; mais ce serait une autre
« impiété de manquer de mépris pour les faussetés
« que l'esprit de l'homme leur oppose. Car, mes
« pères, puisque vous m'obligez d'entrer dans ce
« discours, je vous prie de considérer que, comme
« les vérités chrétiennes sont dignes d'amour et
« de respect, les erreurs qui leur sont contraires
« sont dignes de mépris et de haine; parce qu'il
« y a deux choses dans les vérités de notre reli-
« gion : une beauté divine qui les rend aimables,
« et une sainte majesté qui les rend vénérables;

« et qu'il y a aussi deux choses dans les erreurs :
« l'impiété qui les rend horribles et l'impertinence
« qui les rend ridicules. C'est pourquoi, comme
« les saints ont toujours pour la vérité ces deux
« sentiments d'amour et de crainte, et que leur
« sagesse est toute comprise entre la crainte qui
« en est le principe et l'amour qui en est la fin ;
« les saints ont aussi pour l'erreur ces deux senti-
« ments de haine et de mépris, et leur zèle s'em-
« ploie également à repousser avec force la malice
« des impies et à confondre avec risée leur éga-
« rement et leur folie. » Quelle largeur de style
dans ces contrastes et quelle vigueur de déduc-
tion ! L'écrivain s'autorise ensuite du témoignage
de l'Écriture et de celui des saints Pères pour avoir
pris le parti de la risée. Puis il met en opposition
les répréhensions qui partent d'un esprit de piété
et de charité, et celles qui viennent d'un esprit
d'impiété et de haine. Il trace les règles de la polémique religieuse, et il termine cette puissante in-
vective en montrant qu'il a observé toutes ces règles dans sa polémique et que ses adversaires, dans
des textes divers, les ont toutes violées. Telle est

en substance cette lettre onzième où le satirique
inconnu, désormais lutteur sérieux et double athlète
au combat, faisait arme de la haute éloquence,
comme il avait manié celle de la plaisanterie,
avec un naturel et une supériorité jusqu'alors sans
modèle.

La lettre quatorzième, sur l'homicide, chef-d'œuvre d'art en sa dernière partie, marque là d'abord
le contraste entre les formes lentes, prudentes et
sûres de la justice humaine pour arriver au meur-
tre légal d'un méchant, et la facilité coupable *de
tuer* laissée par les casuistes à tout venant au gré
d'un intérêt dont il est l'arbitre. « Tout le monde
« sait, mes pères, qu'il n'est jamais permis aux
« particuliers de demander la mort de personne ;
« et que quand un homme nous aurait ruinés, es-
« tropiés, brûlé nos maisons, tué notre père, et
« qu'il se disposerait encore à nous assassiner et à
« nous perdre d'honneur, on n'écouterait point en
« justice la demande que nous ferions de sa mort.
« De sorte qu'il a fallu établir des personnes pu-
« bliques qui la demandent de la part du roi, ou
« plutôt de la part de Dieu... On voit assez combien

3

« ce commencement des voies de la justice vous
« confond ; mais le reste vous accablera. » Suit un
tableau animé des précautions multipliées de la loi
pour amener dans l'esprit du juge la lumière et y
assurer l'impartialité qui doivent présider à son mi-
nistère redoutable. « Voilà, mes pères, de quelle
« sorte, dans l'ordre de la justice, on dispose de la
« vie des hommes : voyons maintenant comment
« vous en disposez. Dans vos nouvelles lois, il n'y
« a qu'un juge, et ce juge est celui-là même qui est
« offensé ! Il est tout ensemble le juge, la partie et le
« bourreau ! Il se demande à lui-même la mort de
« son ennemi, il l'ordonne, il l'exécute sur le
« champ... etc. » Après ce rapprochement tiré de
l'ordre civil dans la société, l'écrivain, qui parle à
des religieux, se fait théologien par la comparaison
des deux cités selon l'Écriture : celle qui tient le
langage de *la ville de paix* et celle qui tient le langage de *la ville de trouble;* l'une dont le chef est
Jésus-Christ, la seconde livrée à celui *qui fut homicide dès le commencement du monde.* Cet autre
éloquent contraste, qui emprunte au côté mystique
de la religion un tour original, est d'une ardeur

et d'une élévation de style également frappantes ;
écoutez-en le résumé final : … « Et, pour conce-
« voir plus d'horreur de l'homicide, souvenez-vous
« que le premier crime des hommes corrompus a
« été un homicide en la personne du premier
« juste ; que leur plus grand crime a été un ho-
« micide en la personne du chef de tous les justes ;
« et que l'homicide est le seul crime qui détruit
« tout ensemble l'État, l'Église, la Nature et la
« Piété. » Le rapprochement, en terminant, d'Abel
et de Jésus-Christ est le trait de génie ; c'est comme
un éclair qui sort du fond du sujet et qui illumine
tout.

Citons encore, pour justifier pleinement notre
vue, l'admirable antithèse qui conclut la lettre dou-
zième, où l'écrivain met en regard la violence et la
vérité qu'il nous montre sans prise l'une sur l'autre
dans la lutte qui peut s'engager entre elles : « C'est
« une étrange et longue guerre que celle où la vio-
« lence essaie d'opprimer la vérité. Tous les efforts
« de la violence ne peuvent affaiblir la vérité et ne
« servent qu'à la relever davantage. Toutes les lu-
« mières de la vérité ne peuvent rien pour arrêter

« la violence et ne font que l'irriter encore plus.

« Quand la force combat la force, la plus puissante

« détruit la moindre : quand on oppose les dis-

« cours aux discours, ceux qui sont véritables et

« convaincants dissipent ceux qui n'ont que la va-

« nité et le mensonge ; mais la violence et la vérité

« ne peuvent rien l'une sur l'autre. Qu'on ne pré-

« tende pas de là néanmoins que les choses soient

« égales : car il y a cette extrême différence, que la

« violence n'a qu'un cours borné par l'ordre de

« Dieu, qui en conduit les effets à la gloire de la

« vérité qu'elle attaque : au lieu que la vérité sub-

« siste éternellement et triomphe enfin de ses enne-

« mis, parce qu'elle est éternelle et puissante com-

« me Dieu même. » Pascal, à mes yeux, est tout
entier dans cette page. J'y vois la logique inflexible
du géomètre unie à la profondeur du moraliste et à
la sublimité de l'orateur. L'écrivain ailleurs a plus
de mouvement et de passion : j'admire ici le calme
dans la force et une raison supérieure qui, tout en
s'élevant avec *la vérité* jusqu'aux nues, reste impas-
sible comme elle. Quand on pense que cette page,
d'une perfection de style qui n'a pas été dépassée,

était écrite à une époque (1656) où la grande prose française n'avait fait encore que s'essayer dans la prose de Balzac : on se demande quel était donc ce génie divinateur? Mais, pour en revenir à notre question d'art, remarquons bien que la page est bâtie sur le rapprochement des deux choses les plus dissemblables au monde : la violence et la vérité; c'est-à-dire sur un contraste.

Je ne m'étendrai pas plus au long sur la manière de Pascal dans celles des *Petites Lettres* qui sont écrites du grand style; elle est partout la même : le raisonnement le plus exact formant la trame du discours, et le trait oratoire saisissant tiré d'une opposition d'idées. Je n'ai point fait usage des *premières* à l'appui de mes observations sur la manière de l'écrivain, par la raison toute évidente qu'il ne pouvait aller à son but, qui était la moquerie, qu'en les établissant, comme il l'a fait, sur le contraste des maximes et des règles qu'il prête à ses adversaires avec les règles et les maximes de la saine raison et de la morale chrétienne. C'est ce contraste mis en relief avec une malice consommée qui les rend si plaisantes selon le commun proverbe :

Le rire naît d'un contraste. Il devenait donc superflu de m'attacher, dans mon étude, au premier jet de notre écrivain. Il est toutefois à remarquer que les contemporains, et les plus graves, ont fait constamment allusion aux premières plutôt qu'aux sérieuses en louant les Provinciales. Cela s'explique. Les grands traits d'éloquence étaient partout, sinon dans notre langue, au moins chez les classiques, familiers alors à tous les lecteurs ; tandis que l'art de tirer un sujet plaisant des matières les plus abstraites et les plus épineuses était, aux yeux de tous, le coup de maître. Ce fut plus tard que Voltaire s'avisa de dire que *Molière n'avait rien de plus comique que les premières et Bossuet rien de plus éloquent que les dernières ;* et le mot du bel esprit du siècle fit autorité. La manière de Pascal, dans les Provinciales, ressort nettement de ce que j'ai dit et cité ; prenons maintenant les Pensées.

Qu'est-ce que le livre des Pensées réduit à sa plus simple expression ? La chute de l'homme et sa rédemption : la chute démontrée dans ses effets, la rédemption expliquée dans ses preuves et ses conséquences. La grandeur de l'homme et sa faiblesse, sa corruption par l'amour-propre, la misère de l'homme sans Dieu, les contrariétés étonnantes que l'on découvre dans la nature de l'homme à l'égard de toutes choses : Voilà, comme on l'a dit justement, *ce qui met Pascal au premier rang des orateurs et le distingue éminemment de tous les moralistes* (1). Mais, qu'est-ce que cela dans la première partie du livre qui domine tout le reste? Que sont ces chapitres immortels dans la conception et dans l'exécution, dans l'ensemble et dans le détail? Une longue et sublime antithèse au fond de laquelle gît la vérité. Bornons-nous, dans le nombre, à quelques exemples; ces passages sont devenus vulgaires par leur insigne beauté, mais il en est de la prose de Pascal comme des vers de Corneille : toujours frappante, en cela toujours nouvelle.

Je pourrais citer en entier le morceau sur les deux infinis, qui pour l'élévation de la pensée et la

---

(1) Préface de l'édition de Dijon : *Pensées de Blaise Pascal rétablies suivant le plan de l'auteur;* 1 vol. in-8º, 1835.

beauté de l'expression est remarquable entre tous :
ce discours, où notre penseur place l'homme sur la
limite de l'infiniment grand et de l'infiniment petit,
tire sa force et son éclat du rapprochement en contraste des deux merveilles de la nature (1). A la
suite du tableau qu'il a tracé pour *apprendre à
l'homme à s'estimer son juste prix*, Pascal continue
son sujet par un autre contraste : celui de notre
présomption démesurée et de l'impuissance de nos
efforts. Après avoir montré que *tout ce que peut
faire notre intelligence est d'apercevoir quelque ap-
parence du milieu des choses dans un désespoir éternel d'en connaître ni le principe ni la fin...* « Nous
« voguons sur un milieu vaste, toujours incertains
« et flottants, poussés d'un bout vers l'autre. Quel-
« que terme où nous pensions nous attacher et
« nous affermir, il branle et nous quitte ; et si nous

(1) S'il était à propos, au point de vue de l'art, de marquer la
différence entre un grand écrivain et un bon écrivain, je rappro-
cherais des quelques pages de Pascal les quelques pages de Fénélon tirées de son Traité de l'existence de Dieu. Les vues et les
idées sont les mêmes ; mais pour la hauteur du style et la chaleur,
le cygne de Cambrai, comme l'appelait Voltaire, dans son vol
paisible reste à distance.

« le suivons, il échappe à nos prises, nous glisse
« et fuit d'une fuite éternelle. Rien ne s'arrête
« pour nous. C'est l'état qui nous est naturel, et
« toutefois le plus contraire à notre inclination :
« nous brûlons du désir de trouver une assiette
« ferme et une dernière base constante, pour y édi-
« fier une tour qui s'élève à l'infini ; mais tout no-
« tre fondement craque, et la terre s'ouvre jus-
« qu'aux abîmes. » On ne sait lequel on doit le
plus admirer ici du philosophe ou de l'écrivain :
du grand esprit dont la force aboutit à confesser sa
faiblesse, ou de cet esprit vaincu qui, dans l'aveu
de son impuissance, fait encore éclater sa force.
Passant, en suivant son dessein, de la connaissance
générale de l'homme aux éléments qui constituent
sa nature et aux contrariétés qui en dérivent, l'observateur, qui a tout vu, s'écrie : « Quelle chimère
« est-ce donc que l'homme, quelle nouveauté,
« quel chaos, quel sujet de contradiction, quel
« prodige ! Juge de toutes choses, imbécile ver de
« terre, dépositaire du vrai, cloaque d'incertitude
« et d'erreur, gloire et rebut de l'univers ; s'il se
« vante, je l'abaisse ; s'il s'abaisse, je le vante,

« et le contredis toujours jusqu'à ce qu'il com-
« prenne qu'il est un monstre incompréhensible. »
N'êtes-vous pas frappé de l'assurance de cet homme
qui se pose en face du genre humain et qui justifie
cette assurance par l'ardeur de sa conviction et
l'autorité de sa parole ?... Et plus loin : « Connais-
« sez donc, superbe, quel paradoxe vous êtes à
« vous-même. Humiliez-vous, raison impuissante ;
« taisez-vous, nature imbécile ; apprenez que
« l'homme passe infiniment l'homme, et entendez
« de votre maître votre condition véritable que vous
« ignorez. Ecoutez Dieu. » Puis, en avançant,
la solution : « Chose étonnante que le mystère le
« plus éloigné de notre connaissance, qui est celui
« de la transmission du péché, soit une chose sans
« laquelle nous ne pouvons avoir aucune connais-
« sance de nous-même. Car il est sans doute qu'il
« n'y a rien qui choque plus notre raison que de
« dire que le péché du premier homme ait rendu
« coupables ceux qui, étant si éloignés de cette
« source, semblent incapables d'y participer. Cet
« écoulement ne nous paraît pas seulement im-
« possible, il nous semble même très-injuste...

« Certainement rien ne nous heurte plus rudement
« que cette doctrine; et cependant sans ce mystère,
« le plus incompréhensible de tous, nous som-
« mes incompréhensibles à nous-mêmes. Le nœud
« de notre condition prend ses replis et ses tours
« dans cet abîme. De sorte que l'homme est plus
« inconcevable sans ce mystère que ce mystère
« n'est inconcevable à l'homme. » Voilà le mot
suprême de la question : *Que suis-je? — Un être
déchu,* et la réponse est écrite au dedans de moi,
dans les contrastes parlants de ma propre nature !
Voilà où tendait la pensée dominante de Pascal, qui
devenait la clef de voûte de l'édifice de sa preuve !
Nul n'était entré aussi avant dans cette question pri-
mordiale que cet esprit scrutateur, nul écrivain
n'avait mis entre la perspicacité qui découvre et
l'imagination qui reproduit un plus puissant accord,
et il n'y avait pas d'exemple d'un tel langage pour
réfléchir et expliquer ces contrariétés étonnantes
et concluantes qui sont le fond même de la nature
humaine et de la religion !

L'article *Misère de l'homme,* où Pascal a rassem-
blé toutes les forces de son génie mélancolique pour

nous montrer qu'en aspirant au repos *nous ne recherchons en effet que l'agitation*, est encore le type
éternellement vrai de notre condition mortelle,
selon la religion et la nature. Mais le tableau tire sa
force, sa profondeur et sa vérité du rapprochement
en contraste et passionné des occupations tumul-
tuaires des hommes pour échapper à l'ennui et de
l'inanité de leurs efforts contre cet ennemi domes-
tique qui, *de son autorité privée, sort du fond du
cœur où il a ses racines naturelles et remplit l'esprit
de son venin*. Et quelle amère éloquence dans la
peinture de ces divertissements *faux et trompeurs*,
qui nous détournent pour un moment du sentiment
de nos misères ! « D'où vient que cet homme qui
« a perdu depuis peu de mois son fils unique, et
« et qui, accablé de procès et de querelles, était ce
« matin si troublé, n'y pense plus maintenant?
« Ne vous en étonnez pas : il est occupé à voir par
« où passera ce sanglier que les chiens poursui-
« vent avec tant d'ardeur depuis six heures. Il n'en
« faut pas davantage. L'homme, quelque plein de
« tristesse qu'il soit, si l'on peut gagner sur lui
« de le faire entrer en quelque divertissement,

« le voilà heureux pendant ce temps-là... C'est
« une joie de malade et de frénétique, qui ne vient
« pas de la santé de son ame, mais de son déré-
« glement. C'est un ris de folie et d'illusion. » Ces
pages, spécialement marquées du cachet de Pascal, semblent écrites en témoignage du mot de
l'Ecclésiaste, qu'*une grande sagesse est accompagnée
d'une grande indignation*, et que la peine est le
partage d'un grand esprit (1). Pascal a dit que Sa-
lomon et Job, l'un le plus heureux des hommes,
et l'autre le plus malheureux, l'un connaissant la
vanité des plaisirs par expérience, l'autre la réa-
lité des maux, ont le mieux connu la misère de
l'homme et *en ont le mieux parlé* : lui-même a
éclairé d'un rayon de lumière ce côté sombre de
la nature humaine, et il a tiré cette sinistre lueur
de l'élévation inquiète de son esprit. Ecoutons-le,
notant une impression dans ses réflexions solitaires :
« Le silence éternel de ces espaces infinis m'ef-
fraie. » Voilà de ces mots tristes et grands qui lui
sont tout personnels, qui révèlent en cette haute

____

(1) ECCLÉSIASTE, chap. I, v. 18.

nature une misère toute personnelle ; aussi, après les inspirés, nul ne devait en parler comme lui.

Le chapitre JÉSUS-CHRIST, que les théologiens admirent dans la seconde partie de l'Apologétique, est, à son début, une antithèse sublime sur Jésus-Christ comparé aux grands du monde, aux sages du monde, aux savants du monde. Notre géomètre chrétien, en rappelant *Archimède*, y fait ressortir la distance infinie des corps aux esprits et *la distance infiniment plus infinie des esprits à la charité, car elle est surnaturelle.* « Tous les corps, le firma-
« ment, les étoiles, la terre et ses royaumes ne
« valent pas le moindre des esprits ; car il connaît
« tout cela et soi ; et les corps rien. Tous les corps
« ensemble et tous les esprits ensemble, et toutes
« leurs productions, ne valent pas le moindre
« mouvement de charité ; cela est d'un ordre in-
« finiment plus élevé. De tous les corps ensemble
« on ne saurait en faire réussir une petite pensée :
« cela est impossible et d'un autre ordre. De tous
« les corps et esprits, on n'en saurait tirer un
« mouvement de vraie charité : cela est impos-
« sible, et d'un autre ordre surnaturel. » C'est à

ce point de vue, qu'après avoir reconnu et caractérisé trois sortes de grandeur, celle des hommes charnels, celle des spirituels et celle des saints, Pascal, qui a devant lui l'exemplaire de toute sainteté, s'écrie : *O qu'il est bien venu avec l'éclat de son ordre !* C'est en effet selon cet ordre surhumain que le fils de Dieu apparut au monde et qu'il le faut considérer dans sa vie et dans sa mort; c'est alors qu'il devient sensible à la foi que, bien qu'il soit semblable à nous, Jésus-Christ n'est pas l'un de nous ! Ce chapitre de l'apologiste, qui n'est qu'ébauché, devait être le couronnement de l'édifice imparfait. Moins frappant que le chapitre de l'homme, qui est bien plus complet, il offre aux esprits méditatifs des aperçus lumineux sur un sujet qui semblait épuisé par seize siècles d'une contemplation non interrompue du génie chrétien; et dans les simples linéaments qui nous restent, on suit encore la trace d'un esprit profond qui avait pénétré toute l'économie, dans ses preuves et dans son dessein, de l'œuvre divine et réparatrice du Sauveur des hommes.

J'éprouve une sorte de pudeur, dans une matière aussi grave, à poursuivre l'exploration du style d'un homme de génie. Le fond des choses ici ne doit-il pas captiver l'esprit et lui ôter toute liberté de s'attacher à une question de forme? Quand Pascal, résumant les *marques de la véritable religion*, les voit dans la conciliation sublime de la grandeur et de la misère de l'homme, dans la charité de Dieu opposée à l'amour-propre, dans l'humilité opposée à l'orgueil; quand, s'appuyant sur les circonstances de son établissement, il met en contraste la faiblesse apparente des apôtres du crucifié avec les forces conjurées du monde païen et la puissance du siècle, ne serait-il pas abusif et puéril de réduire l'exposition de ces merveilles de la religion aux proportions alignées d'une vaine rhétorique? — Sortons par respect de l'Apologétique.

Considérons, parmi les pensées qui se détachent du plan et qui rentrent plus convenablement dans mon dessein, quelques-unes des plus saillantes, celles qu'on n'oublie pas une fois qu'on les a lues. « Cromwel allait ravager toute la chrétienté : la « famille royale était perdue, et la sienne à jamais

« puissante, sans un petit grain de sable qui se
« mit dans son uretère ; Rome même allait trem-
« bler sous lui. Mais ce petit gravier s'étant mis
« là, il est mort, sa famille abaissée, tout en paix,
« et le roi rétabli. » — « Le dernier acte est san-
« glant, quelque belle que soit la comédie en tout
« le reste. On jette enfin de la terre sur la tête, et
« en voilà pour jamais. » Et celle-ci sur les grands
hommes : « .....Quelque élevés qu'ils soient, si
« sont-ils unis aux moindres des hommes par
« quelque endroit. Ils ne sont pas suspendus en
« l'air, tout abstraits de notre société. Non, non ;
« s'ils sont plus grands que nous, c'est qu'ils ont
« la tête plus élevée ; mais ils ont les pieds aussi
« bas que les nôtres. Ils y sont tous à même ni-
« veau, et s'appuient sur la même terre ; et par
« cette extrémité, ils sont aussi abaissés que nous,
« que les plus petits, que les enfants, que les
« bêtes. » La toute-puissance menaçante d'un
homme et *le petit grain de sable dans son urètre ;*
la pelletée de terre sur la tête au dénouement de
la plus belle comédie ; Alexandre ou César, par les
pieds qui touchent terre, *aussi abaissés que les*

bêtes : le mécanisme de ces admirables pensées, mais tout spontané chez l'écrivain, est encore l'antithèse. Les grands traits de Pascal sont dans la mémoire de tous ceux qui lisent : interrogez vos souvenirs, et vous y retrouverez constamment cette forme que l'écrivain tirait de son génie (1).

L'antithèse, quand elle est juste, et quand elle est appelée par le sujet, manque rarement son effet sur l'esprit de celui qui écoute ou qui lit, parce qu'elle l'associe à la perception de la vérité, qui pour nous, ai-je dit, gît dans la connaissance des rapports des choses et de leurs dissemblances. Elle fait sur nous l'effet d'un trait de lumière qui pénètre dans notre esprit, et qui le charme par la présence de la vérité ou de ce qui nous semble la

(1) J'aurais pu dire de ce génie perçant, en lui appliquant sa propre pensée, qu'il avait poussé ses investigations en toute chose jusqu'au terme marqué par *cette ignorance savante où les grandes âmes arrivent, celle qui se connaît.* Il voyait tout et les différences en tout. Sa conversation portait le même caractère que ses écrits, comme on peut s'en assurer dans son Discours à un jeune duc sur la condition des grands, recueilli par Nicole, et dans sa Comparaison d'Epictète et Montaigne, qui était un entretien avec Sacy.

vérité. Et si cette antithèse, qui luit à notre esprit savante et juste, est revêtue d'une expression ardente et passionnée qui nous remue, le style de l'homme alors nous maîtrise dans toutes les puissances de notre ame; c'est le *fort armé* qui nous lie et nous entraîne à sa suite. Je ferais donc consister le secret du grand style de Pascal dans une antithèse de pensées revêtue d'une expression passionnée à laquelle il faut ajouter la tristesse de l'accent. La tristesse nous plaît, comme je l'ai dit ailleurs, quand elle nous remue sans nous pénétrer, quand elle nous vient du dehors pour nous toucher en passant. Pascal, mélancolique de nature, attristé encore par la méditation, l'étude et la maladie, écrit habituellement sous l'obsession de cette tristesse sacrée, comme eussent dit les Anciens, qui lui fera mettre en jeu la fibre du cœur au moment même où sa savante antithèse illuminera l'esprit. Cette action simultanée sur l'esprit et sur le cœur donne à l'écrivain un cachet qui n'a jamais appartenu qu'à lui. Exact et positif dans l'idée comme le géomètre, et parfois tragique dans l'expression, cet homme, dans son style qui est *lui-même*, touche alors avec un succès égal et dans un seul jet aux deux points extrêmes de la pensée humaine.

J'ai dit sur le style de Pascal, en laissant dans l'ombre à dessein les qualités de ce style incomparable qui ont été relevées par tous les gens de goût : la franchise, la naïveté, la simplicité dans la grandeur; la facilité merveilleuse de passer sans effort de l'abandon le plus familier à la dignité la plus soutenue, de descendre aux plus petites choses sans s'avilir et d'atteindre aux plus hautes sans enflure : tout cela est partout, et j'ai voulu sortir des sentiers battus (1). Mais je dois à mon sujet, au nom

(1) M. Sainte-Beuve a remarqué avec sa finesse ordinaire l'absence d'une qualité dans le style de Pascal : la grâce. Il eût dû, ce me semble, ajouter que cette absence ne se fait sentir nulle part. La grâce n'y est pas, mais on ne la cherche ni ne la désire, par la raison que cette qualité du style un peu molle et riante n'est d'aucun emploi chez ce génie ardent, austère, logique et sublime. Il me semble encore que l'habile critique exagère quand il dit que la grâce, *cette muse des Grecs*, est mal venue dans le génie chrétien ; on la retrouve chez saint Basile et chez d'autres Pères. Bossuet et Pascal l'ont négligée parce que ces mâles génies n'avaient que faire d'elle et qu'ils l'ont laissée où elle est de mise.

de Pascal comme à l'intérêt de l'art, d'éclaircir encore une question que j'ai vu s'élever sur le travail intime de l'écrivain.

D'après une tradition que les souvenirs du temps ont établie, il paraît que l'auteur des *Provinciales* travaillait beaucoup son style. On sait qu'il y a telle de ces lettres qui a été recommencée plusieurs fois avant d'être livrée à l'impression, et Pascal a pris soin lui-même de confirmer la tradition reçue par ce mot si connu qui termine la seizième : *Je n'ai fait celle-ci plus longue que parce que je n'ai pas eu le loisir de la faire plus courte.* D'un autre côté, quand on examine les fragments qui nous restent de l'Apologétique, on trouve dans la plupart de ces morceaux, qui ne sont que des ébauches, la même perfection de style que dans les *Petites Lettres.* Pascal parlait admirablement bien, et dans les deux discours qui ont été recueillis de sa bouche nous retrouvons encore toute la hauteur et les qualités du style qui nous frappent dans ses écrits. Il y a là une sorte d'anomalie qu'il n'est pourtant pas impossible d'expliquer. Les gens d'é-

tude n'ignorent pas que les grands écrivains et
les bons (je ne parle pas des médiocres) ont tous
le jet rapide et prompt en ce qui touche la conception et la distribution, mais l'exécution labo-
rieuse. Ce n'est pas le tout, pour un écrivain qui
a mission, d'être doué d'une imagination forte,
d'une sensibilité vraie, d'un esprit juste et lucide;
il lui faut encore une patience obstinée avec laquelle il s'assouplira l'idiome dans lequel il écrit,
afin d'en tourner les obstacles et d'en saisir les
avantages. Buffon passait une matinée *à éloi-
gner un qui d'un que*, comme le lui reprochait
plaisamment le président de Brosses; Rousseau *se
mirait dans sa phrase* pour arriver à la polir; et
Chateaubriand nous déclare dans ses Mémoires que
cent et cent fois, dans ses grands ouvrages, *il avait
fait, défait et refait la même page*. Pascal, écrivain plus grand encore que ces grands écrivains,
avait le droit de n'être pas moins difficile qu'eux.
Il voyait de plus près que personne l'idéal de la
perfection, et dans le désespoir d'y atteindre il était
mécontent de lui-même. Tenons donc pour certain
que des ébauches de sa plume qui nous semblent

parfaites laissaient à lui quelque chose à retoucher.
Mais entendons-nous bien : où Pascal eût corrigé,
c'eût été dans la partie accessoire du style, dans la
trame du discours; il eût fait disparaître sévère-
ment les incorrections et les négligences; il eût fait
régner l'ordre partout et la justesse sa compagne
ordinaire : quant aux hardiesses de premier jet qui
montrent l'ongle du lion et qui éclatent de toutes
parts dans les Pensées, jamais il n'y eût touché ; le
grand écrivain sait qu'on reconnaît là sa marque et
son titre. Bossuet corrigeait peu, et Fénélon pas du
tout. Mais Fénélon, fort inférieur comme écrivain à
Pascal et à Bossuet, n'a point écrit pour le public
le livre qui a popularisé son nom ; son *Télémaque*
était une instruction qui ne devait pas sortir du ca-
binet du maître ; et l'aigle de Meaux, qui n'a pas
laissé une ligne comme auteur et de qui tout est de
l'évêque, portait, dans son style naturellement sublime, l'autorité de son caractère sacré, tandis que
Pascal n'avait pour lui que celle de son génie.

Terminons notre courte étude, mais suffisante
dans notre but, par une réflexion sur l'œuvre de ce
grand homme, laquelle est demeurée parmi nous

un signe de contradiction comme tout ce qui est digne de préoccuper les hommes.

L'école philosophique a fait de nos jours des efforts inouïs pour rabattre l'autorité des Pensées en imputant à Pascal un scepticisme imaginaire (1). D'un autre côté, ç'a été chose convenue dans l'un des camps opposés d'amoindrir les Provinciales jusque dans la forme, en haine des témérités du fond. Il y a eu des deux parts erreur et passion, à cette différence pourtant que les uns blessaient la vérité au préjudice de la religion, et que les autres, dans leur faux jugement, ne compromettaient que le bon goût. Dans un gros livre, et bon à plus d'un titre, récemment publié sur Pascal, l'auteur défi-

---

(1) Un philosophe renommé du siècle, qui s'est fait annotateur de Pascal, a cru voir dans la dévotion ardente de l'auteur des Pensées un parti pris de vive force pour échapper au tourment du doute : il eût été plus simple et plus vrai de trouver le principe de la *dévotion* dans la conviction de son esprit et l'explication de *l'ardeur* dans son caractère. Pascal, nature exceptionnelle parmi les natures d'élite, chez qui la force de l'imagination et la profondeur du sentiment étaient au niveau de la puissance de l'intellect, arrivait en tout ce qui le passionnait à l'extrême et s'y tenait.

nit les Provinciales : *Pascal sans son ame* (1). Sans doute, il faut reconnaître dans les Provinciales comparées aux Pensées une infériorité bien marquée, et cela par la raison toute simple que le génie s'élève avec son sujet, et qu'une apologie complète de la religion offrait la matière la plus large et la plus riche aux inspirations d'un grand esprit. Mais il n'en est pas moins vrai que l'auteur des *Petites Lettres* a mis tout son esprit dans les premières et toute son ame dans les suivantes, sinon tout son génie; et ce serait faire un étrange abus de la critique que de reprocher à un livre de ne point offrir au lecteur ce que l'on ne doit pas y trouver. Plaignez Pascal, si vous le voulez, de son inconsidération dans les Provinciales et de son extrême docilité pour ses amis; j'y souscris (2).

(1) Pascal, sa vie et son caractère, ses écrits et son génie. 2 vol. in-8°. — 1850.

(2) Ceux qui ont cru trouver dans les Provinciales un calomniateur de plein gré ont mal lu les sérieuses, ou bien ils ont mis en oubli que la vraie, la grande éloquence, celle qui part du cœur, est incompatible avec le mensonge. Et puis, en imputant à Pascal une mauvaise foi personnelle, ils commettent un oubli beaucoup plus grave : c'est que l'ame, chez cet homme, fut à l'égal du génie.

Confessons encore et pour dire mieux proclamons nous-mêmes que le livre, dans sa portée, a fait son temps, et qu'à l'exemple de tant d'anciens livres que les circonstances ont fait éclore, il doit être classé parmi ces produits de l'esprit humain qui, dans la mutation incessante des idées, des mœurs et des intérêts, ne subsistent plus que comme un témoignage de sa force. Mais, tout en vous accordant que l'ouvrage qui apparut dans le monde comme un phénomène littéraire fût dès lors censurable au fond, et qu'il ait eu même par de là son but un contre-coup que nous ne cherchons pas à nier et qui nous afflige avec vous comme un fait accompli : vous ne nous empêcherez pas de reconnaître dans ce livre aujourd'hui sans application possible ce que nous admirerons toujours dans la harangue de la Couronne ou dans les Verrines, l'une des formes les plus brillantes de l'éloquence humaine. Quant au livre inachevé, où des *incroyants* voulaient trouver un *sceptique*, où, sans égard aux règles de la saine critique, ils travestissaient quelques fragments imparfaits en témoins infidèles pour démentir la vie d'un homme et son livre même : cette audacieuse entreprise est tombée devant la raison publique. Le mot qui a prévalu et qui restera est celui qu'a dit quarante ans avant la querelle un illustre écrivain : que si Dieu n'a pas permis que cet autre et plus grand chef-d'œuvre reçût sa forme définitive, « c'est qu'apparem— « ment il n'est pas bon que tous les doutes sur la « foi soient levés, afin qu'il reste matière à ces « tentations et à ces épreuves qui font les saints « et les martyrs. » (CHATEAUBRIAND.)

Appendice. — On a publié, en l'année 1844, une ample
édition des Pensées de Pascal, où l'avantage qu'elle a sur
les précédentes d'être correcte dans le texte et complète est
tristement balancé dans la distribution des matières et l'arrangement des Pensées. Cette édition, fidèle à l'excès dans
l'exhibition des manuscrits, n'était visiblement qu'une pré-
paration utile à la disposition d'une meilleure. En la pré-
sente année 1852, on a mis au jour une nouvelle édition
complète des Pensées de Pascal. Celle-ci, traitée selon le
goût du siècle, où l'esprit chrétien n'est qu'un point de vue
comme un autre, est l'ouvrage d'un esprit qui s'est laissé
préoccuper d'un examen littéraire, philosophique et biblio-
graphique, et qui d'ailleurs fait preuve d'étendue et de savoir. Dans une *Étude sur les Pensées de Pascal* qui ouvre ce
gros volume il y a, sauf quelques points contestables, de la
profondeur et de la vérité. Le critique montre là comment
il entend Pascal, et en ce qui touche le *caractère* il l'entend bien ; il y montre aussi comment il entend les *Pensées*,
et sur ce terrain je ne saurais avec lui marcher de compa-
gnie. — On est en droit, et j'en userai, de lui adresser le
reproche qu'ont encouru les récents annotateurs de Pascal,

qui est d'avoir fait une trop large part aux sentiments intimes de l'auteur des Pensées, et d'avoir eu trop peu de souci du dessein principal de son livre. Ceci pourrait n'être qu'une fantaisie sans portée dans l'édition d'un ouvrage achevé, parce que l'auteur s'y soutiendrait lui-même; mais quand il s'agit de fragments décousus, dont la disposition devient une chose capitale, un tel parti pris mène à de graves conséquences. Préoccupé, sur les traces de M. Cousin, d'une inquisition toute psychologique, et personnellement imbu de l'opinion erronée qu'on doit peu s'inquiéter de l'arrangement des Pensées parce qu'on ignore comment Pascal les eût disposées lui-même, le nouvel éditeur nous déclare nettement qu'il tient toute classification pour *indifférente*, qu'il a supprimé les titres pour ne pas faire croire *à une distribution méthodique*, et qu'il n'entend faire *qu'un classement tout matériel, auquel les chiffres suffisent*. Quelles sont les conséquences de ce système? On doit les pressentir. Dans tous les cas, pour les yeux exercés et les moins clairvoyants, les voici. Sous un assemblage de pensées sans ordre et d'additions sans choix, de notes et de commentaires multipliés sans fin, je cherche le Pascal de toute ma vie, le Pascal crayonnant ses pensées devant une idée fixe : *la vérité certaine et prouvée de la religion*, et j'erre au hasard dans les détours d'un labyrinthe inconnu, d'où je ne sors fatigué qu'avec une admiration déconcertée et des convictions inquiètes. Avez-vous jamais vu, en traversant une forêt, un

arbre antique qui languit et meurt sous la végétation de
plantes parasites qui ont épuisé sa sève? C'est l'image de
l'Apologétique. — Serait-ce à dire que depuis l'exhibition
complète des manuscrits il n'y a plus d'Apologétique, mais
simplement des Pensées de Pascal, *qui, dans la décompo-
sition du livre percé à jour, ne sauraient plus avoir aucun
effet d'édification sur le public?* Nous citons les propres
paroles d'un habile en littérature qui n'a pas craint d'ap-
puyer de son savoir-faire cette étrange et fallacieuse opinion! « Comme œuvre apologétique, ajoute-t-il, on peut
« dire que le livre a fait son temps. Il n'est plus qu'une
« preuve extraordinaire de l'ame et du génie de l'homme,
« un témoignage individuel de sa foi » (Port-Royal,
tome III, page 333). Il a cru ; eh bien! que sa croyance
demeure en lui solitaire et qu'il la garde! Nous protes-
tons de toute notre ame contre ce coup porté dans l'ombre à l'autorité des Pensées. — Non! l'œuvre apologétique
n'a point *fait son temps*, par la raison que les preuves
décisives de la religion s'y trouvent. Non! Pascal, en dehors de l'ordinaire de nos facultés, n'a point pensé pour
lui seul ; il a pensé pour les esprits élevés et les cœurs
droits dans tous les âges. Non! son livre interrompu ne
doit point aboutir au résultat stérile d'*un témoignage individuel de sa foi*: il ne s'agit, pour rendre au livre *un effet
d'édification sur le public*, que de rétablir l'ordre dans la
confusion innocente ou calculée de ses nouveaux explora-

teurs. A la vérité, le zèle des bibliographes et des biblio-
philes n'y suffit point; il y faut avant tout, et il se trouvera,
cet autre zèle que l'auteur de l'*Imitation* exigeait des lecteurs de l'Écriture : *Eo spiritu debet legi quo facta est.* Alors,
et seulement alors, le livre des Pensées, rectifié dans son
texte (car les additions pour la plupart sont sans valeur),
recevra un nouveau lustre de l'exploration patiente des manuscrits : concluons donc que l'œuvre inachevée du grand
Apologiste attend un dernier travail.

Épilogue.

—

En expliquant le style du premier en date de nos grands
écrivains, j'ai dû concentrer mes remarques dans son œuvre, et j'ai considéré l'art d'écrire sous une question *de
forme*. J'ai pensé que quelques vues générales sur les écrivains ne seraient pas tout-à-fait déplacées à la suite d'une
étude sur celui de tous qui, s'il n'est pas le plus grand,
ne compte du moins qu'un émule. Peut-être même ces réflexions brèves et rapides, tirées *du fond* du sujet, sem-
bleront-elles aux esprits synthétiques un complément utile
de mon travail. Dans tous les cas, si elles sont justes,
elles trouveront grâce même comme un hors-d'œuvre.

1. Nos instruments artistiques, dans les travaux de l'esprit, sont l'imagination, le jugement et la sensibilité. C'est

à l'aide de ces facultés que nous donnons la forme à l'ouvrage que notre esprit a conçu, et l'on peut dire de celui
qui les possède dans un heureux accord qu'il est propre
à faire un bon metteur en œuvre. Voilà pour la forme ;
reste le fond, d'où l'œuvre tire son véritable prix, car
la forme à elle seule, gracieuse ou sévère, suave ou bril-
lante, ne fait durer que les poètes. Un écrivain, pour rem-
plir sa mission, doit être à la fois homme de savoir et homme d'art : faute de l'un, il ne satisfait pas les esprits solides ;
et s'il manque à l'autre, il déplaît aux gens de goût. Le
concours de ces deux avantages se rencontre difficilement à
un haut degré ; c'est pour cela que la plupart de ceux qui
font profession d'écrire cèdent bien plutôt à un attrait in-
considéré qu'ils n'obéissent à une vocation marquée. Ceux
d'entre les écrivains qui consacrent leurs veilles à des travaux utiles, ont touché le but, si, simples ouvriers dans
l'immense atelier du progrès, ils ont rempli leur tâche
dans l'œuvre de tous, s'ils ont fait luire, en passant, un
rayon de jour dans le champ de la science ou dans celui
des mœurs. Au-dessus des écrivains utiles et des bons écrivains, la force de l'imagination, auxiliaire d'une puissante
raison, fait la magie du style et les grands écrivains. Ceux-
ci ne rattachent pas seulement à leur œuvre un nom qui
reste : ils y laissent encore une impression d'eux-mêmes qui
les signale tels qu'ils étaient, animés du souffle de vie. Ils
donnent ainsi aux sentiments profonds et aux grandes pen-

sées qui sont le fond commun de notre humaine nature une
individualité qui nous charme, parce qu'en même temps
qu'elle les figure devant nous, elle nous révèle tout entiers
à nous-mêmes.

II. Le naturel, le climat, la religion, le gouvernement,
tout conspire pour que *la raison marche à la suite de l'i-
magination* chez les Orientaux ; de même que ces quatre
choses concourent également chez les peuples de l'Occi-
dent à ce que *l'imagination marche à la suite de la raison.*
Voilà la grande division de la pensée humaine selon laquelle, fantastique et colorée d'une part, la pensée se résout le plus souvent dans l'éclat d'une image ; et d'autre
part, ingénieuse ou profonde, elle tend vers un but qui est
la vérité. Les uns reflètent l'impression qu'ils ont reçue, les
autres propagent la conviction qu'ils ont acquise ; ces deux
moyens de communication, sources d'émotions ou de lu-
mières, constituent partout le lien de la famille humaine.
Il est sensible en effet que la distinction que j'entends marquer entre les hommes d'imagination et les hommes de raison se retrouve avec des nuances infinies sous toutes les la-
titudes et dans tous les régimes. En toutes choses, la nature
procède par nuances et diversité avant d'arriver aux différences extrêmes. Mais, placé que je suis à un point de vue
général, j'ai dû montrer l'exemple où j'ai cru voir la division plus tranchée. Que si, arrêtant nos regards sur l'Occi-

dent, nous recherchons quelle est celle, parmi les nations
éclairées, qui dans l'ordre moral a le mieux servi la cause
de la vérité, sans craindre que notre prédilection égare
notre jugement, nous nommerons sans hésiter la nôtre. En
pleine possession du dogme chrétien, qu'elle a gardé dans
sa pureté, elle lui a donné, dans le génie français, son expression la plus haute, et mis à découvert à tous les yeux ses
points d'appui les plus forts. L'exposition de la suite provi-
dentielle des conseils de Dieu dans le mouvement des faits
humains et l'explication par ses contrariétés de la nature de
l'homme : cette double face de la vérité complète a été
l'œuvre presque simultanée de l'évêque de Meaux et de Pascal écrivain. Ces deux grands noms sont inséparables comme les pierres de l'angle dans l'édification de ce phare qui
reste lumineux sur la scène orageuse du monde parmi les
débris des institutions et des mœurs.

III. En regard des grands esprits qui amènent dans la société l'ordre et la paix en y portant la vérité, il faut classer
encore au point de vue de l'art ces génies *de trouble et d'erreur* qui, par la hardiesse de la pensée et la puissance de
l'imagination, usurpent un rang chez les grands écrivains.
Ceux-ci préparent la voie à ces crises de la vie sociale où
l'esprit de l'homme, saisi d'une sorte de vertige, s'écarte
des traditions et des croyances pour aspirer à l'inconnu. Ils
ont ce prestige qu'exerce la nouveauté sur notre nature in-

quiète et curieuse. Ils s'attaquent à la pensée, qu'ils exaltent par la tentation de l'orgueil, et à l'imagination, qu'ils égarent par l'attrait du plaisir. Ils semblent alors dominer sans partage et reléguer dans l'oubli leurs antagonistes vaincus. Il y a toutefois entre les uns et les autres une notable différence : c'est que les séducteurs des peuples n'obtiennent dans l'opinion qu'une vogue passagère, qui leur est mesurée selon le cours limité du mal ; au lieu que les soutiens de la vérité reprennent leur ascendant et leur action bienfaisante quand la société rentre dans l'ordre selon ses conditions de durée et ses lois impérissables. — Je m'inspire ici, fidèle écho, des accents du maître, et j'arrive au terme de ma course comme j'ai commencé.

FIN.